ALGOLORIANA

— cuentos y poemas —

Javier Ángel

Dedico este libro a todos mis paisanos venezolanos que hemos sido obligados a inmigrar a diferentes rincones del mundo.

Escribir nos hace viajar en el tiempo, trasladarnos a lugares familiares o desconocidos, recordar lo que quizás vivimos o quizás no, pero sobre todo nos hace disfrutar de una melancolía, de una nostalgia o una idealización de lo que pudo haber sido o lo que quizás jamás fue. Con esta antología de cuentos y poemas pareciera haber viajado a un mundo que creo recordar. He disfrutado inmensamente cada cuento y cada poema, pero el más grande placer es saber que alguien más los leerá. Es por esto, que les regalo esta pequeña colección y espero, de corazón, que los disfruten tanto como yo lo hice al escribirlos.

Índice

Siphiwe

El fétido olor de su cuerpo la angustia. Su piel es un reguero de células apagadas. Sólo la esencia del ambiente le es familiar. ¿Dónde está él? Trata de abrir los ojos, pero no responden. ¿Entonces por qué siente, por qué vive y por qué recuerda? ¿Por qué piensa en Ebony, el Caribe, la cena antes de dormir? No entiende por qué oye su propia voz. Quiere moverse, pero las olas la arrastran lentamente. El sol quema su piel. La arena está tibia, se le ha pasado el hervor del mediodía. Su cuerpo inmóvil empieza a petrificarse. ¿Qué pasará con el alma, de la que tanto hablaron las monjas del colegio? ¿Y con sus sentimientos y los recuerdos?

Ahora está en otro mundo, enfrentando un futuro que no comprende. Siente algo en el pie, como si un pez le mordiera un dedo. Quiere reír. Al lado de Armand, todo le causaba gracia.

El mordisco se hace más fuerte. *No es un pez*, se dice. La intensidad del dolor le molesta. Si tan solo pudiera gritar y apartar al animal como lo hacía en Nairobi. *Si no estuviera aquí...*, piensa.

Escucha voces en otro idioma. No las reconoce. No es español, papiamento o inglés. Dos hombres recogen y cargan su cuerpo. Quiere gritarles que está viva, que los puede oír, que la salven, que la lleven con el médico.

Las voces se multiplican. Niños, mujeres. Un perro le lame las piernas, una gallina picotea su cabeza. Le molesta. «Apártenla», dice una voz femenina. Las manos de una mujer le remueven parte de su ropa. Recuerda entonces cuando era niña y su madre hacía eso mismo antes de ponerle el pijama de color violeta. No le molesta. No importa tampoco si los hombres la están viendo. La gallina ya no la picotea, ni el perro la lame. Percibe la caricia de una hoja con agua limpiándole el cuerpo. *Quieren llevarme al hospital... sí, me están bañando para quitarme el agua salada*, piensa esperanzada. Tiene escalofríos. Espera el cobijo. Huele algo. Es el laurel. Armand lo utiliza en sus guisos. Le llega otro olor. No puede detectar qué es. ¿La mano de un hombre? No es la misma de antes. Tiene callos. La manosea. Lo siente encima. Es mucho más pequeño que ella. Quiere quejarse. Quiere que esto termine.

***

«Buenas noches, te amo, Siphiwe», le dijo Armand antes de dormir.

Ebony estaba anclada a cien leguas de la isla de Los Roques. Tres días antes salieron del puerto de La Guaira. El velero de doscientos cincuenta pies de eslora los llevó sin motor hasta Los Roques. Armand se enorgullecía de las proezas de su nave.

Siphiwe recuerda la tormenta, la brisa, el crujido de las velas, el roce del viento. El sonido insaciable de las jarcias, la lluvia azotando las ventanillas del camarote.

Armand tomó un par de Valiums antes de dormir. Ella no logró despertarlo. Durante la tormenta, la arboladura de Ebony se resquebrajó. Entró al camarote por la escotilla y fracturó la embarcación. Un remolino de agua mandó todo al fondo. Siphiwe quiso salir a la superficie, pero no lo logró. Entre los despojos del velero, ella flotaba.

***

Se celebra una ceremonia. Como un coro griego las voces de los hombres acompañan al hombre que ahora está encima de ella. Él la hace suya. Acaba él. Termina la ceremonia. Se escucha un silencio. Las manos de una mujer la tocan. *¿Y ahora qué?*, piensa Siphiwe.

Voltean su cuerpo, le agarran sus nalgas, sus piernas. Untan una emulsión. Es el olor a mostaza, el que no recordaba: es mostaza, laurel y sal. La mueven. La sazonan como las carnes que Armand preparaba en el *grill* de la terraza. Son varias manos. Decenas de dedos la tocan. *No estoy en Los Roques. Sentiré cuando el fuego cocine mi cuerpo, cuando la grasa que tanto tardaba en eliminar en el gimnasio se derrita más rápido*, se dice aterrada Quiere llorar, pero las lágrimas se cuecen en sus cuencas.

Sus pies y sus manos son amarradas a una estaca. Si alguien pudiera ver esta escena. Si alguien pudiera ver a la niña de las Lomas en una estaca como un cerdo. No, nadie puede verla. Sólo ella lo sabe. El sol arde en su cara. *¿Dónde habrán quedado mis* *lentes?*, se pregunta con lo poco que quedaba de su vanidad.

Con cada paso su espalda roza la tierra seca. Le molesta el olor a laurel. Ya no tiene vergüenza, ya no la siente. Le urge que todo termine. Los otros gritan, parecen esperar instrucciones. Se acercan a ella y la amarran con mayor fuerza hasta que sus mejillas tocan el palo. Advierte el calor del fuego, como el que sintió hace unos días bronceándose en la cubierta del Ebony. La tocan, la voltean. Todavía puede pensar. Las llamas asan su cuerpo. Le untan más mostaza.

La retiran de las brasas y del barrote. La acuestan en un camastro de bambú. Otra ceremonia prosigue. Otras palabras que no entiende. Quisiera no imaginar el primer mordisco. La acuestan boca abajo. Le pinchan la espalda con un filo de madera. De nuevo hablan. Parece una discusión. La agarran del cuello. Un machete separa velozmente la cabeza de su cuerpo.

Ya sólo puede pensar: *Soy células, átomos en el espacio. Soy nada... Mi alma flota en una isla del Caribe.*

Alguien arroja la cabeza a un perro. El mastín salta, la toma, corre y se escapa entre los matorrales. Muerde su cara, le arranca un ojo y luego el otro. Sacia su apetito. Escarba un hoyo. Quiere gritarle, quiere que el perro la oiga. La tierra cayendo en lo que queda de su rostro la llevó a esos juegos con Armand en la playa. Nada más que esta vez no puede sentir la arenilla entre sus labios.

Almasola

Después de tres cambios de avión, finalmente llego a mi pueblo. La verdura del campo y el clima húmedo de los llanos me dicen que las playas de Miami han quedado en la distancia. Al frente y pintadas de blanco: las montañas de la cordillera andina.

***

Conduzco en la carretera como si fuera la primera vez; el calor sofocante evapora el camino. Un letrero oxidado anuncia: "ALMASOLA 10 KMS". Escondido entre los almendros y potreros, se asoma un caserío. Sus colores no parecen deslumbrar como antes. Los opaca el constante sol de los prados.

En la entrada del pueblo, un niño sin camisa conduce una bicicleta. Es una réplica del niño que estuvo ahí años atrás.

Sábado por la tarde. Mi corazón late. Me acerco a casa. La jardinera que construyó papá sigue ahí. Detengo el coche. Una mujer se asoma por uno de los ventanales. La voz de Edelmira. Está aquí, en mi memoria, en el pasado. Ya no se escucha, ya no existe.

Veo la esquina de doña Rosa. Aún saboreo las empanadas de carne y arroz, el jugo de parchita con mucha azúcar. El recuerdo me duele, me absorbe.

El cementerio ha crecido. Mi padre, mamá, Edelmira, la señora Benigna, Mirla y Dalia. Los tristes rostros parecen entrar de nuevo al camposanto; las flores secas, los llantos, el calor sofocante de las tardes. ¿Dónde quedó el tiempo? ¿Dónde quedaron ellos?

Me detengo en la quinta de los Rodríguez. Un letrero cubre el portón: "Hotel Blanco y Negro". El personal quisiera sonreír.

—¿Usted viene al funeral de don Alberto Dugarte, el dueño de las farmacias?

—No sabía de su muerte.

—Un infarto lo mató. Dicen que el viejo tenía más de cien años. Aquí está la llave. Es la habitación del fondo.

Tan pronto entro, abro el ventanal. Desde la recámara puedo ver el árbol de ciruelas. ¡Cuántas veces pasé en mi bicicleta por la casa de los Rodríguez! Quería correr por el solar y robarme las frutas. «Mirla», ¡Como nos gritaba! «No dejes entrar a esos muchachos que van a ensuciar el piso».

Camino al centro. Llego a la plaza. Mi bosque en medio del pueblo es ahora el lugar del hambre y la desesperanza. El Cine República, donde Tarzán defendió a Jane y a Chita, es ahora un mercado desolado. La casa de la maestra Blanca, la jefatura de policía.

La escuela. *"Gloria al bravo pueblo que el yugo..."*. «Que te saques el dedo de la nariz, Valerio Albarrán». «¿Qué andas buscando, el desayuno?».

Las risas de mis compañeros. Mi primer coscorrón. Mi primera novia. La tabla de multiplicar. Las artes plásticas. Mirla:

—Si me muestras lo que tienes ahí… yo te doy el beso...

Hago lo que pide para luego…:

—¡Qué feo es! No te lo voy a dar.

Toco la banca. Ya no es gris. Mis dedos recorren los nombres tallados debajo de la madera: Mirla y Valerio.

—Qué tonto eres, ahí nadie los verá.

—Es exclusivamente para nosotros, nada más.

Tristes rostros acompañan al viejo Dugarte hasta el cementerio. Dos niños pelean por un helado. El niño sin camisa de la bicicleta compra uno de coco.

Ya no soy yo. Soy el padre de mi padre, mi padre. El bagazo de las cañas de azúcar se quema. Las cenizas rozan mi piel.

Subo al coche. Un pasaporte extranjero y un boleto de avión me esperan en la guantera. Desde la carretera, el retrovisor me muestra lo que queda del pueblo. Ya no es el mío, le pertenece al niño sin camisa, el de la bicicleta.

Lo que Dámaso no sabía

Con los ojos entreabiertos Camila miró el reloj. Le hubiera gustado que fuera el día de ayer. Apenas tenía veinticuatro horas de casada. Ni él ni su maleta se veían por ningún lado. Acostada en la cama, con el vestido de novia aún puesto y el velo encima del buró, quiso llorar de nuevo, pero las lágrimas parecían cuajarse dentro de ella.

El aire de la tarde movía con flojera el cortinaje de la cabaña. Ella quiso cerrarla, pero su cuerpo no deseaba moverse.

—Algunas veces las mentiras que creamos son tan reales, que las mismas verdades pasan desapercibidas —Las palabras de él la acosaban como un monótono ritmo acuchillante que no podía controlar.

***

Comenzó como todas las historias de amor. Dámaso terminaba la tesis del postgrado sobre iglesias góticas en la Universidad Andrés Bello. Camila había concluido sus estudios de arquitectura y supervisaba un nuevo proyecto en la facultad para ampliar el edificio.

Luego de trabajar largas horas, se retiraba a nadar a la alberca de la universidad. Al sentir el agua mojar su cuerpo dejaba de ser la arquitecta para transformarse en un pez. A Dámaso le cautivaba ver cómo la mujer de cabello negro, grandes ojos marrones, tez blanca, pechos redondos y largas piernas podía permanecer en el agua por más de dos horas.

Él le habló un día después de sus prácticas de fútbol y la invitó a tomar un café. Dámaso era un joven de ojos tiernos. Camila lo encontró bien parecido desde el día que lo vio en la biblioteca con un montón de libros acerca de iglesias construidas en el continente. Ella no habló la tarde que tomaron el café. Solamente lo escuchaba. Pensó en la nueva vida que podía tener con este joven cinco años menor que ella. En la facultad se decía que Camila era hermosa, pero que se comportaba como una lechuza asustada. Dámaso disfrutaba el hecho de no saber nada acerca de ella. Adoraba sus largos silencios durante las cenas. Cuando la llevaba de regreso a casa, solamente decía:

—Gracias.

La relación de noviazgo duró cuatro meses. Una noche, Dámaso la sorprendió llevándola al teleférico. Con las montañas y la ciudad a sus pies, le propuso matrimonio. Camila lo besó en la frente y, dibujando un monosílabo en el cristal, aceptó.

La familia de Dámaso descendía de los primeros inmigrantes alemanes que se instalaron en la ciudad después de la Segunda Guerra Mundial. Su padre era dueño de las Panaderías Germánicas, con las que mantuvo a su familia.

Camila vivía con su madre, Yolanda, y también Cayena, una niña de siete años. Yolanda insistía que era hija suya y de su difunto esposo, el señor Alarcón, uno de los grandes arquitectos del estado, sin embargo, nadie recordaba haberla visto encinta.

La gran fiesta de bodas de Dámaso y Camila fue en el Hotel Las Guacamayas. Al padre de Dámaso le complacía haberlo hecho así con todos sus hijos. La luna de miel, al igual que la del resto de los hermanos, fue en la cabaña exclusiva para recién casados.

Camila y su nuevo esposo llegaron al lugar antes de las doce de la noche. Él quería amarla como su mujer y no como la novia que había tenido durante los últimos meses.

Al acercarse a la cabaña, vestida de blanco y con el velo todavía puesto, Camila se detuvo en el porche y comentó:

—Tengo que decirte algo.

Las guacamayas enjauladas del hotel despertaron con el motor del coche. Un rocío tempranero empezó a mojar las hojas.

—Eres mi esposa... no pongas esa cara. ¿Estás bien?

—Sí. Eso creo.

En la distancia las guacamayas seguían su escándalo. Dámaso le dijo que entrara, que la noche estaba helada y sería mejor hablar después de encender la chimenea. Ella entró, se quitó el tocado y expresó:

—No sé cómo llegué tan lejos...

—Amor mío, ¿de qué hablas?

Camila se sentó en una de las poltronas que daba al ventanal. Luego se levantó rápidamente y abrió la ventana.

—No puedo respirar. Esto es un horno, me asfixio —era lo más que había dicho en toda la noche.

—Yo me congelo de frío. Dime, ¿qué ocurre?

—Dámaso colocó varios troncos en el fuego, luego le tomó la mano y vio expresiones en ella que nunca antes vio.

—Perdóname, debí habértelo dicho antes. Cayena, mi hermana… —las palabras se quedaron una vez más recluidas dentro de ella.

—Habla, mi vida. ¿Qué ocurre?

—Cayena no es mi hermana. Es mi hija —declaró Camila con los ojos fijos en la leña que comenzaba a chispear.

Después de una larga pausa, Dámaso afirmó:

—Algunas veces las mentiras que creamos son tan reales, que las mismas verdades pasan desapercibidas.

***

La brisa continúa acariciando las cortinas de la cabaña. Ella no quiere recordar las palabras de Dámaso. Se avergüenza de sí misma. Le da ira el haberlo engañado. Se pregunta el porqué de su desdicha, el porqué del odio a su vida, a su hija.

Tendida en la cama, con su vestido de novia hecho arrugas y con la cara hinchada, ya no puede llorar más. Llorar por el dolor que le causó, llorar por su resentimiento y su traición. Llorar porque jamás lo amó.

El santo que no fue

Angustia contempla el cuerpo de don Juan Falcón, su marido, quien portentosamente falleció encima de ella.

En vida el hombre fue el amante ideal de solteras y casadas del pueblo de Guaraní. El infiel esposo, ahora acostado en la mesa del comedor, parecía el mismo diablo tomándose su siesta. Una sábana blanca le cubría el cuerpo desnudo, aunque no podía desaparecer del todo un tremendo detalle que se alzaba ahí, en esa parte que nadie quiere mencionar. La elevación de treinta y cuatro centímetros no pasaba desapercibida.

Los hermanos Padilla, dueños de la funeraria del pueblo, llegaron entre carcajadas a meterlo a su nueva alcoba. Angustia extendió la mano tratando de acomodar el órgano que parecía estar más tieso que nunca, pero cuando los hermanos fueron a cerrar la urna, el enorme pene parecía buscar un nuevo agujero. La viuda ignoraba sus risas y comentarios. Ella fue a la cocina y regresó con una cinta elástica que cruzó por la cintura del marido y su descomunal pene erecto, jalando con fuerza hasta lograr domarlo y colocarlo en posición horizontal

Los hermanos Padilla corrieron con el chisme por todo el pueblo, repitiendo lo que había ocurrido con el hombre que se creía ser padre y marido de la mitad de los habitantes.

Al día siguiente, curiosos llegaron al funeral sin importarles siquiera cómo había quedado la cara del difunto. Algunos querían meter la cabeza dentro del ataúd. La viuda, furiosa, decidió cerrar el cajón y enterrarlo de una buena vez sin oraciones ni iglesia.

***

El pueblo mostraba los síntomas de su decrepitud. El ardiente sol de la costa sofocaba hasta al más valiente. Sólo un perro acatarrado y sarnoso siguió al muerto hasta el cementerio. La viuda no aguantó el calor y prefirió irse en la carroza oxidada de los hermanos Padilla. Otros esperaban desde la madrugada en el camposanto. El padre Narciso también rehusó darle las últimas bendiciones al mujeriego sin escrúpulos; y repetía con orgullo que así se lo habían enseñado en el seminario de los gringos. Por eso, cuando el cuerpo pasó frente a la iglesia el padrecito gritó:

—Que se pudra en el infierno junto con la sarta de pecadores que hay en este pueblo.

Cuando llegaron al cementerio el sol pareció iluminarse en celebración de lo feliz que murió don Falcón, aunque pronto decidió cubrir sus rayos. Una tibia lluvia confortó a curiosos y doloridas amantes. Muchas se desgarraron los vestidos y disfrutaron como si la virilidad del muerto las rociara de nuevo. Un enorme charco rodeó la urna. Angustia, sin una lágrima en los ojos, decidió abrir el cajón y soltar la cinta que sostenía la verga tan conocida de su difunto marido. Todos se acercaron a mirarla. Las que no la habían tenido dentro, la besaron y le desearon un buen viaje hasta el más allá. La viuda no lo impidió. La voz corrió rápidamente a la casa parroquial. El cura llegó en una mula a poner orden.

Unos dicen que el padrecito no llegó a tiempo y que algunas se quedaron encerradas en el cementerio para ser sepultadas junto a don Falcón, pero, de eso yo no estoy muy seguro.

Tulipanes blancos para Anabel

Julián se levanta muy contento ya que hoy verá a Anabel después de las largas vacaciones de verano. El clima en la Ciudad de México luce gris y una llovizna tonta moja todo lo que encuentra. Julián está convencido que el beso que le dio Anabel antes de irse era la señal de amor que él buscaba.

Toma cien pesos de la billetera de su padre, come su desayuno y lo empuja todo con una taza de café con leche. Le da un beso a su madre, camina hasta la banqueta, antes de subirse al coche grita:

—Hoy es el día más feliz de mi vida.

Alicia, su madre, piensa que los muchachos deberían tener vacaciones más seguidas para que regresaran a clases con el mismo entusiasmo.

Luego de rodar tres cuadras, Julián ve que el tanque de gasolina está vacío. Decide tomar la vía más corta. Distraído, se pasa una luz roja. Un agente de tránsito lo detiene y le impide seguir conduciendo hasta pagar la multa. Julián decide dejar el coche y llegar a la universidad en el colectivo.

***

Caminando bajo la lluvia, recuerda la primera vez que vio a Anabel. Tenía un vestido blanco con encajes bordados y una flor amarilla que descansaba exactamente en el mismo lugar donde él soñaba dormir. La observó salir de la oficina de inscripciones de la universidad con una lista de las materias que tomaría ese semestre. Él se dispuso a hacer lo mismo. Al salir de la oficina de registros, la perdió de vista. Encontró a su amigo Santiago —su inseparable desde la prepa— le contó de la muchacha de ojos verdes, piel canela y sonrisa que abarcaba toda la UNAM. Santiago reaccionó diciéndole que se enamoraba de todas las chicas guapas, que tenía que ser más selectivo. Julián preguntó que porqué tan filosófico, que sí lo habían alimentado diferente durante las vacaciones.

—Nada, hombre. La experiencia me ha hecho madurar —respondió Santiago burlándose de sí mismo.

Al entrar a la clase de Historia del Siglo XX Julián encontró a Anabel en la primera fila, platicando con una amiga. Ella no levantó la mirada. Durante la clase, él no dejó de observarla hasta que Anabel sintió su mirada y volteó. Julián, sorprendido y sin palabras, se comprometió a no hacerlo de nuevo.

Al día siguiente, la halló sola en la cafetería. Tomó una taza de café y procedió a sentarse a su lado.

—Hola, soy Julián, ¿me puedo sentar aquí? —preguntó con una voz quebrada.

Ella respondió que las sillas las podían utilizar todos y que no eran de la exclusividad de nadie. Él no entendió su sentido del humor y caminó a otra mesa. Anabel lo llamó:

—No seas tonto. Siéntate.

Él tomó la silla más cercana.

Ella le dijo que su nombre era Anabel, que le encantaba vivir en la Ciudad de México, que había mucha energía ahí, pero que nada era comparable con Villahermosa, la ciudad donde ella vivió toda su vida.

Julián le comentó que era chilango y la ciudad no tenía nada especial. Sin embargo, disfrutaba correr en el parque de Chapultepec todas las tardes, eso lo ayudaba a despejar su mente.

Anabel sonrió y preguntó:

—¿Qué? A poco, ¿me has estado siguiendo? Yo también hago lo mismo —luego de lo que pareció una larga pausa ella exclamó—: Me encantaría correr con alguien más. Mi amiga Mónica odia los deportes, piensa que son una pérdida de tiempo.

Mónica llegó de improviso y escuchó el comentario.

—No eres tan buena amiga cuando compartes con extraños mis cosas personales.

—Pero, es la mera verdad. Mira: te presentó a… perdón, ¿cómo dijiste que te llamabas?

***

Julián continúa caminando hasta que ve un camión descargando plantas en una floristería. Toca la puerta y pregunta si puede entrar. A su paso, cada flor parece recordarle a Anabel. El vestido rosa que la hacía caminar como una elegante garza; el vestido morado que mostraba sus delicados rasgos. Pregunta el precio de una orquídea. El vendedor responde que, por ser el primer cliente, se la dejará en trescientos pesos. Al oírlo, Julián se siente culpable por los cien pesos que sacó de la billetera a su padre. Toma el celular y llama a casa:

—Madre, soy yo. ¿Papá ya se fue?

—No, hijo. ¿Necesitas hablar con él? —pregunta ella con preocupación y le pasa el teléfono a su esposo.

—Buenos días, papá. ¿Recuerdas la chica de la que te platiqué? Hoy la veré en la universidad.

—Sí, ya sé. Seguro que por eso tomaste prestado los cien pesos —comenta don Sergio con su voz bondadosa.

—Papá, mi coche está a tres cuadras de la casa, entre las calles Sinaloa y Cozumel. Tengo que pagar una multa de cuatrocientos pesos para…

—Eres igual a tu madre. Todo me lo dicen cuando estoy a punto de empezar a desayunar. No te preocupes, hijo; pagaré la multa, pero recuerda que todas esas deudas se anotan en la lista.

—Sí, papá. Te las pagaré luego que termine la carrera—ambos repiten entre risas al mismo tiempo. Se despiden y cuelgan.

—Y éstas, ¿cuánto cuestan? —Julián señala un ramillete de tulipanes blancos escondido detrás de unos girasoles.

—Ésos, por ser para ti, güero, te los voy a dejar en cien pesos —. El hombre se los muestra al muchacho. Él los huele y paga con el billete de cien.

Julián reconoce el microbús que dice: UNAM. Corre hasta alcanzarlo. La llovizna avanza. El chofer se detiene. Ordena a la gente que se mueva hacia atrás. Julián se queda parado en medio de la puerta. Una parte de su cuerpo queda adentro y la otra, donde lleva las flores, cuelga fuera del transporte. Una mujer lo ve y comenta:

—Aquí, joven. No vaya a dañarle los tulipanes a su novia. —Ella se levanta. El chofer dice que es la parada de AltaVista. La mujer se baja.

Julián se sienta al lado de un hombre que lo ha observado sin ninguna diplomacia, hasta que éste pregunta:

—¿Qué hizo para tener que llevarle flores tan temprano?

—Nada. Es la mujer que será la madre de mis hijos.

Otra pasajera, que está sentada en el asiento trasero, escucha y expresa sonriendo que con esa seguridad deberían hablar todos los hombres. El hombre pide bajar en la próxima parada. Julián abraza los tulipanes, recuesta su cabeza en el vidrio de la ventana y cierra los ojos.

***

—Papi, papi, ¿podemos hacerlo de nuevo? Mami siempre dice que tenemos que preguntarte a ti primero.

Tres niños corren rápidamente a subirse a una lancha. Han pasado diez años desde que Anabel se convirtió en la señora de Julián. Sigue hermosa como la primera vez que la vio en la universidad.

El éxito de su novela sobre el abuso de los indígenas en el estado de Chiapas y la publicación de su tercer libro lo han convertido en uno de los historiadores más exitosos del país. Anabel terminó su

Maestría en Ciencias Políticas; sin embargo, prefirió quedarse en casa a cuidar de los trillizos.

Adrián, Ángel y Álvaro salieron como su padre, exploradores y grandes soñadores. La casa de Valle de Bravo, rodeada de tulipanes blancos y de agua, ha sido el refugio preferido de los fines de semana. Él y los niños pedalean un bote y contemplan la migración de aves silvestres.

—Las rosas son mis favoritas —dice Ángel con una sonrisa.

—Mami también dice que son sus favoritas, que le gusta verlas caminar con el vestido rosa sin que se les muevan los pliegues —comenta Adrián imitando a su madre.

***

Una voz grita:
—UNAM, UNAM.

Dos estudiantes bajan rápidamente, pero los ojos de Julián siguen cerrados.

—La UNAM —grita de nuevo el chofer con un tono más alto.

Julián despierta. Baja y mira el reloj. Son las siete y quince de la mañana. Su primera clase empieza a las ocho. Sonríe al recordar el sueño que acaba de tener. Anabel será su mujer, tendrán tres hijos, el departamento en Las Lomas y la casa de campo en Valle de Bravo. No existe nada que pueda arruinar el sueño que dentro de poco se convertirá en realidad.

***

Camina a la oficina de registros y corrobora que las materias que tomará este semestre son las mismas que registró en la Internet. No se siente ridículo caminando por toda la universidad con un ramo de tulipanes blancos. Le da risa parecerse a una novia de vitrina. Un grupo de muchachos le chiflan, pero nada le importa, todo saldrá como lo ha planeado. Oye una voz detrás de él:

—¿Te casarás conmigo o me lanzaré desde el balcón, mi amado Romeo? —Julián no se atreve a voltear. Ésta persiste—: ¿Te casarás conmigo o… mi fatal muerte estará escrita en mi corto destino?

Julián finalmente voltea:

—Eres un payaso. No creas que me humillas. Lo contrario, hoy soy el hombre más feliz del planeta. Éstas son para Anabel —dice mostrándole los tulipanes.

—¿No? ¿de veras? Yo pensaban que eran para tu profesor. No has hablado de otra cosa todo el verano. Oye, ¿a qué hora tienes tu primera clase? —pregunta Santiago con el papel en sus manos.

—Yo a las ocho, ¿y tú?

—Los estudiantes modelos como yo no empezamos hasta el mediodía —comenta Santiago sarcásticamente.

—¿Y, qué haces aquí tan temprano?

—Perderme el reencuentro de Anabel y Julián, jamás, jamás —Santiago lo expresa con un tono burlón de telenovela.

—No seas idiota. Márchate que tengo que apresurarme para llegar a su salón.

—¿A poco sabes dónde está?

—Claro, tengo que llegar antes de las ocho. Tú sabes cómo es de puntual y le gusta sentarse en la primera fila.

—Bueno, amigazo. Ya veo que el amor se adueñó de ti. ¡Buena suerte! —comenta Santiago ya más serio y regalándole un abrazo.

Julián se pierde en el pasillo de la facultad. Lleva una sonrisa congelada. Se acerca hasta el aula número doscientos veinticuatro. Risas provienen del salón. Por un momento parece conocer la sonrisa de Anabel. Otros murmullos se oyen, pero no alcanza a distinguirlos. Dos alumnas entran al salón y dejan la puerta entreabierta. Él puede verla sentada junto a Mónica en la primera fila. El profesor entra, se quita los lentes y se dirige a Julián:

—¿Entras a esta clase?

—Sí —responde él rápidamente.

Otro alumno entra y la puerta queda abierta. A Julián le sorprende ver que la mano de Anabel se esconde dentro de la de Mónica. Ella no lo ve. Continúan riéndose. Anabel le toca la mejilla a Mónica y la besa en los labios. Julián se acerca al profesor y coloca los tulipanes en su escritorio:

—Éstos son para usted.

Y lo llamamos primer mundo

Leopoldo Contreras acaba de perder el tren que lo llevaría a París. La ruidosa estación de Zúrich, atiborrada de viajeros y los constantes anuncios a través del altoparlante, avisando las salidas de los últimos trenes poco después de la medianoche, lo perturban. Busca alejarse de la masa y encuentra refugio detrás de un puesto de revistas. Necesita olvidar lo ocurrido.

Leopoldo Contreras toma el libro de cuentos de Blaise Cendrars, quiere leer hasta que salga el próximo tren. Esto no sucederá hasta las 6:50 de la mañana del día siguiente. Decide acomodarse en el lugar. Pone su morral detrás de él, y el bulto más pequeño lo coloca como una almohada debajo de su cabeza. Empieza a sumergir su mente en la lectura cuando escucha una voz que lo interrumpe:

—¿Pasaporte y boleto de tren? —pregunta un oficial de aspecto nazi en un perfecto inglés. Es la imponente voz de uno de dos policías que vigilan la estación.

—Sí claro —responde Leopoldo Contreras con su impecable inglés británico. Muestra su pasaporte de

La República Dominicana y un boleto de tren que le permite viajar dos meses por el continente.

—¿Adónde va? —pregunta el oficial con voz aún más autoritaria.

—Iba a París, pero perdí el tren.

—No puede dormir en la estación —dice el segundo guardia con ojos enrojecidos.

Leopoldo Contreras explica que ingresará a la universidad en Londres en el otoño. El oficial con cara de nazi ignora el comentario y pregunta por el boleto de regreso a su país. El muchacho busca dentro de su mochila hasta encontrar una carta de la agencia de viajes con el itinerario de vuelos, incluyendo el regreso a Santo Domingo dentro de seis meses. Los policías se pasan la carta de una mano a la otra hasta que el oficial con ojos enrojecidos repite:

—No puede dormir en la estación. Debe salir inmediatamente y regresar una hora antes de que parta su tren.

Leopoldo Contreras no articula las palabras con las que los maldice. Toma su equipaje y escucha el altavoz anunciar que la estación cerrará para la limpieza y reabrirá a las cuatro y media de la mañana.

***

Dos horas antes de su partida, Leopoldo Contreras cena en el Restaurante Lyonnais, detrás de la estación de trenes. Un hombre mayor lo desnuda con la mirada. El hombre de cabello gris y líneas acentuadas en la frente lo observa meticulosamente.

Leopoldo es un mulato atractivo, alto, de ojos verdes. Fue educado en las mejores escuelas de la

República Dominicana, su familia es dueña de extensas y generosas plantaciones de caña que rinden en abundancia. Su padre, como regalo por sus excelentes calificaciones, le obsequió un boleto de tren para viajar por Europa antes de comenzar la universidad, además de dos mil euros, para el resto de sus gastos. El muchacho, un buen administrador como su padre, hace una sola comida diaria y se las ingenia para dormir en los modestos *Hostels,* compartiendo con otros jóvenes que se encuentran en circunstancias similares.

Él, al igual que su madre, tiene un exquisito gusto por las buenas comidas. Cuando el presupuesto lo permite, disfruta de los mejores restaurantes del continente. Hoy era ese día. Después de leer el menú y escuchar las sugerencias del chef, Leopoldo Contreras ordena la ensalada de pato con peras acarameladas, una trucha rebosada en salsa de mantequilla con nueces tostadas, acompañada de camote salteado, y una copa del mejor *sauvignon blanc* italiano. El camarero le ofrece, como cortesía, una crema de champiñones, ya que los jóvenes transeúntes, como él, usualmente no piden dos platos. El joven no comprende, pero acepta con la educación que la vida le dio.

***

Mientras el muchacho espera su banquete, toma el libro de cuentos de Cendrars y empieza a leer. Ya se embarca en sus páginas y está a punto de viajar durante la semana del Carnaval de Río de Janeiro cuando el viejo aparece como fantasma y en un francés forzado pregunta si puede sentarse junto a él. Leopoldo Contreras responde en inglés, que comerá rápidamente, ya que abordará el último tren a París a las veintitrés horas. El hombre insiste en que ambos tienen que comer, y que es preferible hacerlo en compañía de alguien más para que los alimentos gocen de una mejor digestión. Leopoldo Contreras no responde con palabras, aunque señala hacia la silla vacía frente a él. Cierra el libro y lo devuelve a su morral.

$$***$$

El hombre comienza a hablar de sus viajes por el mundo, que había regresado la semana pasada de Bangkok, que Zúrich era una de sus ciudades preferidas. Le gustaba el morbo y la honestidad que no tenían otros lugares de Europa. El muchacho parece escucharlo. Tomando un poco de pan del cesto, el hombre prosigue; le dice que tiene un *château* en las montañas, ubicado en lo más elevado de los Alpes, y que su nuevo chofer demoraría sólo un par de horas en llegar al lugar. Le explica que no tiene ningún familiar, y que estaba muy triste porque le acababan de diagnosticar cáncer avanzado en el páncreas y estaba a pocas semanas de su muerte; y entonces todos sus bienes, el trabajo de toda una vida, iría a parar a manos del Estado. Leopoldo Contreras le dice que lo siente mientras se pregunta por qué le cuenta todo aquello, si quizá jamás se vuelvan a encontrar. Pero el viejo interrumpe sus pensamientos al expresar:

—Muchas veces son los extraños quienes pueden ayudarnos. Te he estado observando, hijo, y tienes la misma ambición en los ojos que tuve a tu edad.

Leopoldo sigue incrédulo. El camarero coloca la trucha y pregunta si desea otra copa de vino. El muchacho niega con la mano. El hombre se levanta, pero antes de retirarse afloja sus cuerdas vocales y dice:

—Todo lo que tengo podría ser tuyo.

Leopoldo Contreras se queda pensando en las últimas palabras del viejo y en lo absurdo de la conversación. Llega a pensar que, viviendo en Londres, podría viajar a Zúrich los fines de semana y que ni sus padres tendrían que enterarse. Sería una sorpresa cuando regresara a Santo Domingo para las fiestas navideñas. Quizá ésta es la primera gran oportunidad que el destino tiene para él. Se apresura a terminar la trucha, lo engulle todo con el resto del vino, paga la cuenta y camina hasta donde el hombre esconde su rostro detrás de un periódico alemán.

—¿Qué quiere usted que haga? —la pregunta de Leopoldo Contreras parece perderse en un abismo.

El hombre lo mira por encima de sus gafas y expresa que el chofer lo espera afuera; y si la niebla lo permite, llegarían a los Alpes antes del amanecer.

***

Al salir del restaurante, Leopoldo Contreras nota que los zapatos del viejo tienen dos agujeros y el pantalón ha perdido su color original. La camisa aparentaba ser nueva, pero no eran las almidonadas de su padre. El viejo pregunta si necesita ayuda con uno de sus morrales, pero él responde que ya está acostumbrado a llevarlos.

Caminando bajo el frío del invierno, el joven pregunta dónde se encuentra su chofer. Cruzando sus largos brazos el viejo contesta:

—Es muy tarde. La niebla debe de estar cubriendo todo el camino, mejor sería alojarnos en un hotel y mañana emprenderemos viaje... así nos conoceremos, me hablas de ti y de cualquier otra cosa que quieras contarme.

—Pero usted dijo... —Leopoldo Contreras mira el reloj. Faltan nada más que cuatro minutos para que el tren a París parta de la estación. Manda al viejo a la mierda, y, con el peso de los morrales encima, corre de regreso a la estación. Al llegar, distingue el último vagón del tren perdiéndose junto con la niebla.

—Viejo cabrón de mierda. Eso me pasa por creerle pendejadas a la gente.

***

Los guardias esperan hasta que el muchacho recoja sus mochilas y lo ven salir por la puerta al lado de la floristería. Dos taxis están estacionados frente a la estación. Un joven con pantalón de mezclilla roto se acerca y le pregunta en francés si quiere opio o cocaína. Una rubia, flaca, con pelo oxigenado y tacones acrílicos le ofrece una mamada por diez euros. Él los ignora. Sigue caminando por la calle adyacente a la estación. Había hecho su buena cena porque pasaría la noche en el tren. Si pagaba un hotel ahora le descontrolaría el presupuesto por el resto de la semana. Piensa en tomar uno de los taxis para salir del ayuntamiento, pero decide caminar hasta las cuatro y media de la mañana cuando reabre la estación. Trata de bajar a los baños del ShopVille, pero están cerrados. Camina por uno de los pasillos que desembocan al restaurante donde una hora antes cenó. A su paso, observa varios indigentes durmiendo en el suelo. Se le ocurre que tal vez él hará lo mismo. Busca un lugar más tranquilo donde si se queda dormido nadie le robará sus pertenencias.

***

Al bajar su morral y colocarlo en el piso, cuatro *punks* lo sorprenden al salir de la oscuridad. El que lleva el pelo azul le habla en alemán y le pide cigarros. Leopoldo Contreras responde que no fuma. Uno, que aparenta ser el líder, pregunta en inglés qué tanto trae en esos *back packs*. Leopoldo responde que nada importante; ropa, libros... nada de valor. El del pelo azul saca una navaja, rompe el morral grande y entre risotadas va revisando:

—¿Cómo que no hay nada de valor? Vamos a ver qué escondes aquí —El libro de Cendrars fue el primero en volar de la mochila.

—Y con éste me quedo yo —grita el rufián arrebatándole el segundo morral.

Leopoldo Contreras pide que le regresen su pasaporte. Los *punks* toman algunas de sus cosas y se pierden por la calle opuesta a la estación.

—Malditos, maldita Europa de mierda —grita Leopoldo Contreras en su español con acento dominicano.

Con el morral roto, Leopoldo Contreras recoge algunas cosas y regresa a la puerta principal de la estación. Desde la reja de hierro protesta furiosamente en inglés:

—Guardias, guardias, policía. Me robaron.

Los mismos guardias se acercan y el de los ojos enrojecidos vuelve a preguntar:

—¿Pasaporte y boleto de tren, por favor?

La colcha

El mundo cambió. El año 2020 destruyó su vida. Fernél Guevara perdió a su madre, a su esposa y a sus dos hijos. Sin embargo, eso aún no lo sabía. El 23 de febrero del 2020 Fernél Guevara viajó a la ciudad de Beijín para finalizar las órdenes de un cargamento de contenedores de plástico para su empresa. Durante el vuelo de regreso una persistente tos lo asfixiaba. Tomó una de las bolsas detrás del asiento y fue al baño. Ahí estuvo dos horas hasta que unos fuertes golpes en la puerta lo obligaron a regresar a su puesto. Fernél Guevara salió disculpándose con los que esperaban en el pasillo. Entre el ruido de la turbina y la tos no le permitieron escuchar los insultos que estos gritaron. Recordó la junta que programó unos días antes de partir. Le sorprendió no encontrar a nadie en casa. Tomó una breve ducha e inmediatamente un Uber y se fue a la Torre Latinoamericana en el centro de la ciudad. El Corporativo del Plástico era la misma empresa que heredó de su padre desde su temprana edad. Cuando el elevador iba subiendo hizo un pequeño movimiento que lo hizo pensar en un temblor. El ascensorista dijo que no pasaba nada, que era rutinario escucharlo cada vez que pasaban por el piso 13. Ya lo había reportado y no era nada de qué alarmarse. Una mujer se volvió a la esquina luego de escuchar a Fernél Guevara toser. Otro hombre de canas que la acompañaba lo miró con odio y se cubrió la boca. Fernél Guevara desconocía que ellos eran sus nuevos clientes. El hombre canoso tampoco tenía idea de que pronto perdería a su familia por causa del desconocido virus. Después de cinco minutos en la presentación, Fernél Guevara corrió a los lavatorios del piso. Tenía ganas de vomitar y un insoportable dolor de cabeza. El hombre se levantó junto a su compañera, que parecía ser más que un asistente. Antes de partir de la sala de conferencias se encontró a Fernél Guevara en el pasillo:

—Te juro que si nos has contagiado con esa maldita plaga… —el hombre no logró terminar la oración antes de que Fernél Guevara volviera a toser.

***

Un par de horas más tarde, una manguera transparente ayudaba a Fernél Guevara a respirar; mientras que su esposa e hijos lo observaban abrir los ojos. Aurora, su esposa, lo besó en la mano; y su hija, Patricia, lo hizo en la frente. Juan Carlos, su hijo mayor, corrió a darle un fuerte abrazo.

***

Tres días después, Fernél Guevara se encontraba en su cama y sus hijos lo acompañaban a ver un partido de fútbol. Aurora estaba en la cocina. Sintió carraspera en la garganta, pero no le dio tanta importancia. Eso sí, se hizo unas gárgaras de vinagre de manzana y continuó rellenando el pollo antes de meterlo al horno. Isidora, la madre de Fernél Guevara, estaba en su recámara tejiendo los últimos puntos de una colcha para el aniversario de bodas de su hijo. Decidió entregársela sin terminar. La cobija estaba tejida a mano con una copia exacta de la Torre Latinoamérica en el medio. Fernél Guevara estaba sorprendido. Los colores eran idénticos, la antena quizás un poco fuera de simetría, pero cada detalle había sido detenidamente estudiado. Isidora consiguió una fotografía de una vieja revista. Hasta logró tejer a los peatones caminando por la calle de Madero y el Eje Lázaro Cárdenas. Aurora, que entraba con una charola con cuernitos rellenos de chocolate y una tetera, quedó deslumbrada cuando descubrió el por qué Isidora le prohibía acercarse a su recámara. Todos se escondieron debajo de la colcha mientras Isidora comenzó a servir el té. El IPad de Fernél Guevara quedó congelado encima del buró, en una noticia donde se hablaba de un tal virus proveniente de murciélagos que se extendía por todo el mundo.

***

Luego de enterarse que Fernél Guevara estuvo en la República Popular de China, el colegio regresó a los niños a casa. Sin embargo, Fernél Guevara se sentía recuperado. Decidió llamar a su médico para que lo guiara a tomar algunas decisiones. Le preguntó del tal coronavirus, que comenzaba a propagarse por Europa y Estados Unidos. En México no se confirmaba ningún caso, por lo menos eso decían los medios y el presidente del país en su circo matutino. Continuó en la plática diciendo que en la familia habían tenido un poco de resfriado, pero parecían haberse redimido. Inclusive su madre, Isidora, tuvo una leve tos y fiebre, pero ya estaba restablecida.

A la mañana siguiente, Fernél Guevara decidió ir a la torre. Parecía no haber tenido nunca nada. Muchas de las oficinas comenzaban a cerrar. Estuvo trabajando en la presentación que no había terminado de los nuevos productos. Subió por las escaleras al piso 21, donde se encontraba la sala de conferencias. Miró a través del ventanal y una vez más quiso pensar ver su casa desde uno de los ventanales. Llamó a Aurora, pero ni ella ni sus hijos respondieron los celulares. Luego intentó la línea directa, pero tampoco obtuvo respuesta. Comenzó a preocuparse y decidió salir de regreso, Cuando iba a tomar el elevador se encontró con el presidente de la empresa que compraba la mayor parte de sus productos. Tomó una copa y los acompañó por media hora en el restaurante. Punto seguido, salió de la torre.

Al entrar a casa, Fernél Guevara vio que había olvidado las llaves en el cerrojo de la puerta. Sintió una sensación extraña al llegar. Llamó a gritos a todos, pero no consiguió respuesta. Subió las escaleras, entró a su recámara y vio a Aurora bañada en sangre y con los ojos abiertos. Luego a Juan Carlos, a un lado del armario de su cuarto, encima de un pozo de sangre. Una bala le había atravesado la frente. Patricia aún dentro de su cama. Dos balazos le desfiguraron el rostro. Al entrar a la recámara de su madre, la encontró desnuda, tendida en el suelo con la colcha de la Torre Latinoamericana en una mano y en la otra la aguja de tejer. Fernél Guevara lloró como un león enfurecido, gritó al cosmos. Se acostó en el suelo al lado de su madre. No sabía qué hacer. Quiso marcar a la policía, pero decidió tenderse junto a ella y abrazarla. Cubrió su cuerpo con la colcha hasta sentir unos pasos subir las escaleras. Salió. Un disparo le atravesó el corazón. Un hombre de canas salió corriendo. Fernél Guevara murió al instante, sin saber las causas del por qué lo habían matado a él y a toda su familia.

Melancolía

No siento tu presencia,
¿te has marchado?, ¿fuiste real?
cierro los ojos, te busco, no te encuentro,
siento tu mirada,
háblame, ¿a dónde te has ido?
Una luz alumbra…
Luciérnaga muéstrame el camino,
creo verte ¿estás ahí?... ¿has cambiado?
la luz se pierde, ¿dónde estás?
Juntos de nuevo ¡qué felicidad!
Pasa algo, ¿quién eres?
no eres el mismo,
me besas, ya no existo,
te abrazo, me pierdo,

Luciérnaga quiero regresar...

Ávila

Ahí sigue inmóvil, triste rodeando mi ciudad,
una llamarada le quema sus espaldas,
sufre, quizá, piensa,
gigantes sacuden sus alas.
Una avecilla llora, no encuentra el camino,
nubes grises la ausentan,
el calor la sofoca,
un chillido se escucha.
El fuego baja a sus faldas,
quiere apartarlo, no puede,
el viento cubre sus pechos,
los árboles ya no se mueven,
ella deja de sentir, yo, aún la observo.
Al verla sin color, alguien más llora,
ya no es… yo no soy yo,
Ávila mía, ¿qué te han hecho?
Y así sin respuesta su recuerdo vive en mí.

Perdido en vida

Y sigo aquí, pensando en las mecánicas aves,
que abandonan mis tierras,
tristes rostros cruzan el mar.
Son ellos, hombres de guerra,
que regalan sus vidas
sin importarles la muerte.
Una explosión, la tierra tiembla…
El silencio truena,
saben que no volverán,
cierran los ojos, sus pensamientos
se apartan, el enemigo hostiga,
la marea los mueve.
Duerme la noche, el agua cubre las rocas,
el aire apesta, sólo se escucha un murmullo,
es ella, los hombres de guerra parecen dormir.
Se acerca, les abre sus brazos,
susurra al oído que es hora,
un último suspiro alienta al perdedor,
ella lo besa, no dice quién es.
El dolor se aleja,
ella, muestra el camino hacia la eternidad.

Pregones de la ciudad

La triste aurora los confunde con el despertar de los pájaros, amarrados esclavos llenan huecos urbanos, quisiera el ruiseñor cantar como ellos; me desvelan, me aturden, se pierden en los cuadros arquitectónicos de la ciudad.
Las gigantescas ondas se encierran en los árboles, turban, se pierden con los motores,
mientras el fálico tren aúlla a un nuevo dueño,
ella calla, él se esconde, yo abro mis ojos,
y dejo que los agudos susurros aturdan mi deleite.
El sucio elefante de cuatro ruedas aparece,
su sonido confunde con la llamada cristiana,
hormigas humanas arrastran cajas de cartón,
las doblan, y entre pequeñas semillas parecen desaparecer.
La negra capa abruma los hombres de piedra,
ellos esperan impacientes el sonsonete nocturno,
el grano cocido de los nahuas ansía su llegada,
vestido de gala, sorprende con el rojo y el verde,
al que ahora descansa.

Ángeles

En la panadería esperaban a José a las cuatro en punto de la mañana. La noche anterior había salido con sus amigos y no logró escuchar el despertador. Eran exactamente las cinco y cuarenta y ocho minutos. José ignoraba que el próximo autobús pasaría en un par de minutos.

Antes de cruzar la calle José se detuvo a contemplar a dos personas en la parada de autobús despojándose de sus alas.

No entiendo qué hacen ahí, además, esperando el transporte colectivo al igual que todos nosotros, fue lo primero que pensó al verlos.

De pronto cae en cuenta de lo que está viendo.

¡Ay! *Eso debe doler. No. Probablemente, no. De seguro han de ser como mis tenis, con cierre mágico y todo. Pero, y ¿los aros? No parecen estar sostenidos con nada. Entonces, ¿qué los sostiene? ¡Ángeles! Nadie me lo va a creer.*

José cruza la calle, pero no logra alcanzar el autobús.

¡Pinche autobús de...!, grita para sí mismo.

***

A Lucinda también se le hizo tarde. Su uniforme blanco no tiene una mancha encima. Su hijo tosió toda la noche y la mantuvo despierta hasta hace menos de media hora. Entraba en la enfermería del hospital a las seis y quince de la mañana. Hoy no llegaría a tiempo. Antes de cerrar la puerta de su casa y cruzar a la parada de autobuses , Lucinda observa en la distancia a dos chicos desnudándose.

Realmente la gente ya no tiene vergüenza. ¿Cómo se atreven a desvestirse en plena calle? Con esos ridículos trajes de dizque ángeles. Aunque podría acercarme y preguntarles cómo sostienen las aureolas con ese alambre transparente.

***

Distraída, Lucinda suelta las llaves y caen en el césped. El autobús para y los que estaban en la parada suben. Ella grita frenéticamente al chofer que se detenga. El conductor la ignora. Se sienta en la banca. José la mira y le pregunta.

—¿Usté también es un ángel?

—Sí. Y de los de verdad—responde Lucinda.

La larga vida del viejo Mendoza

Como todas las tardes después de trabajar todo el día, el viejo Mendoza caminó hasta su mecedora a la orilla del río. La noche anterior había perdido su último diente. Las encías negras no le molestaban como antes. En la cara no le cabía otra arruga. Sus ojos llenos de cataratas le impedían ver con claridad. El sombrero de paja acumulaba más agujeros que los que tenía la carretera del llamado caserío del Paraíso.

***

Esa tarde, el agua del río no bajaba clara. La fuerte tormenta y las ramas de hojas secas arrastraron un remolino oscuro, como los pensamientos del viejo Mendoza. Los caminantes lo veían mecerse en la silla sin saber que las horas no corrían en su mente.

Víctor, uno de los pocos jóvenes que aún vivía en el pueblo, buscaba trabajo hasta en los ranchos vecinos, pero la mala fortuna seguía sus pasos. En las tardes, espiaba al viejo Mendoza llegar al río. Le enfurecía que el viejo siguiera vivo y ocupara el puesto de capataz en el fundo El Porvenir.

Esa noche, Víctor lo escuchó hablar por primera vez:

—No te veo, pero sé que estás ahí.

Las palabras sorprendieron al joven. Se subió al árbol que se acostaba sobre la mitad del río y le tiró una almendra verde. El viejo repitió:

—No te veo, pero sé que estás ahí.

Víctor le asestó otra almendra en la cabeza al viejo y corrió de regreso a casa.

Se decía en el pueblo, que el primero en escuchar hablar al anciano de la quebrada cargaría su misma desgracia. El muchacho, sin creer las habladurías de la gente, continuó su vida a la espera de que el viejo muriera.

Una semana más tarde, el viejo Mendoza, quien había pasado toda la noche al costado del río, amaneció muerto. La muchacha que lo encontró dijo que vio bachacos y un alacrán salir de su boca. Luego de escucharla, todos los habitantes del caserío caminaron en fila india por todo el camino del río hasta llegar al manantial.

Cinco días después de la muerte de Mendoza, Víctor empezó a trabajar en el fundo El Porvenir. Dormía en la misma hamaca del viejo, pero pensamientos ajenos lo mantenían despierto.

***

Una madrugada, luego de que los sonidos de la noche descansaran, oyó una voz que venía del corral de los becerros. La hamaca se balanceó sin ninguna corriente de aire. La voz no le molestó tanto como las pesadillas que ahora lo atormentaban. En medio de la oscuridad, un susurro:

—No te veo, pero sé que estás ahí.

Víctor no tuvo miedo. Imaginó que era otro mal sueño. La voz se acercó cada vez más hasta que Víctor llegó a sentir un frío espeluznante. El rostro de una figura negra se matizaba poco a poco bajo la opaca luz que venía del fogón de la cocina. Llevaba un sombrero roto y tenía un machete, con el que empezó a cortar los mecates que sostenían la hamaca. El frío del muchacho se transformó en un sudor pegajoso que le cubría el cuerpo. Se levantó de súbito y gritó que regresara al mundo de los muertos, que los vivos tenían derecho a vivir en paz. Las palabras no inquietaban a la figura que ya desaparecía a través de la puerta de la cocina sin dejar huellas.

***

A la mañana siguiente, Víctor encontró que todas las vacas habían sido ordeñadas. Los terneros vagaban solos por los potreros. El corral de los puercos estaba limpio y la leche esperaba en la entrada para ser recogida. Se fue camino al río y en sus pensamientos oía la larga vida del viejo Mendoza. El muchacho sintió cómo sus dientes delanteros se desprendían sin ningún reparo. Pasó sus manos por el rostro, y encontró que arrugas prematuras le cubrían la frente y mejillas. Recordó los matrimonios que nunca tuvo, los hijos descabezados a machetazos y la muerte de su padre que aún vivía al otro lado de la barranca.

La gente dice que ha visto al viejo Mendoza sentado en el mismo lugar de siempre. En las madrugadas escuchan a un hombre montando a caballo arreando a los becerros. A Víctor no se le volvió a ver nunca más. Unos dicen que se lo llevó el ánima del viejo. Otros que, como el anciano de la quebrada, sigue vagando por los pueblos en busca de nuevas almas.

La última fiesta de cumpleaños
que fui con papá

En el estudio de mi padre aún están la colección de trofeos, fotografías y un sinfín de diplomas. Libros de las Fuerzas Armadas llenan un estante azul de madera. Al lado de la ventana cuelga el retrato de papá, vestido con su uniforme militar. Hoy por primera vez me siento frente a su escritorio. Casi puedo oler la colonia Aramis y escuchar su voz hablándome en el más tierno de los tonos.

¡Cuántas veces sus silencios se hicieron más largos que los siete años que yo llevaba de vida! En el cajón grande una vieja caja de Palmolive dice: LIBROS DE MARIANO. El olor a mi niñez me arrastra. Los cuadernos, las tareas que él revisaba. Creo sentir sus manos tocándolos de nuevo. El libro de Civismo de sexto grado. Al fondo un trozo de cartón pintado de verde, otros de azul y uno gris. Los restos de piñata del dinosaurio. La última fiesta de cumpleaños que fui con papá. Allá muy lejos puedo oír de nuevo el monótono estribillo: *"Dale, dale, dale..."*.

Después de estar esperándolo por lo que parecía un largo tiempo, finalmente musitaba:

—Mariano, esto no se entiende. Regresa a tu cuarto, vuélvelo a trabajar y elimina todas las palabras que se repiten. Luego haces una copia nueva y me la traes. Si todo está correcto, iremos al cumpleaños de César como lo prometí.

No sonreía, sin embargo, estaba orgulloso de lo que yo había logrado. Realmente no me importaba ir a la fiesta. No comprendía el estúpido juego de las piñatas, ni el por qué todos los escuincles se esmeraban en golpearlas.

**

Con el nuevo proyecto me encerraba en mi cuarto hasta la hora de la cena. Imaginaba que las palabras también castigaban mis errores. Me entretenía la lámpara con el cuerpo de payaso que mamá había colocado en la mesa de mi estudio. Les daba nuevos nombres a los muñecos colgados en las paredes. Encendía la luz. De regreso a la tarea, corregía lo escrito. Después, apagaba la lámpara.

—La cena está en la mesa —dijo mi madre detrás de la puerta. No la abría desde que encontró a mi hermano Saúl jugando con su sexo.

Antes de cenar, papá revisaba mi tarea. Mamá repetía que la comida primero. Él, en silencio. Yo, embobado con el péndulo del reloj, hasta que finalmente el pajarito cucú salía a cantar seis veces. Mi padre, como un rey sentado en el trono. El cuaderno a su izquierda. Saúl pegándome puntapiés por debajo de la mesa. Yo enmudecía. No quería hacer enojar a mamá. Más silencios. Luego de comerse la última de las albóndigas, mi padre finalmente hablaba:

—Hoy es el cumpleaños de César Bolívar. Voy a llevar a los muchachos un rato a romper la piñata.

Yo estaba contento porque había terminado la tarea. Lo bueno era que no tendría que repetirla. Lo malo, que iríamos a la casa de los Bolívar.

Mientras César le pegaba con locura a la piñata, que simulaba un tiranosaurio, un estribillo entretenía al resto de los escuincles. Yo pensaba en otras cosas: en lo que estaría haciendo el payaso de mi cuarto, en si mamá habría preparado el pastel de plátano con queso y carne.

Un último golpe hizo pedazos al indefenso que colgaba del árbol de mango. Agarrado a una pierna de papá comencé a llorar. Él recogió un par de juguetes y dulces. Nos condujo a casa sin decir una sola palabra en el camino.

—Creo que Mariano piensa que las piñatas tienen vida —le comentó a mi madre. Ella cerró la puerta de la recámara. No logré escuchar el resto de la conversación. En el bolsillo del overol coloqué una parte del dinosaurio. No podía entender el por qué querían destrozarlo. Abrí el cajón de la mesa de trabajo, y guardé uno de los trozos, junto con los del gorila, el astronauta, Mickey Mouse y el pobre Superman.

***

—¿Te vas a quedar a almorzar? —me interrumpe la voz quebrada de mi madre.

—No, mamá. Tengo una junta al otro lado de la ciudad. El resto de las cosas que estaban en mi cuarto, mi diario… ¿dónde han quedado?

—Los juguetes se los regalé a tus sobrinos. Tus libros están en otra caja… ahí, debajo del estante de tu padre. Pensé que guardabas eso por algún motivo —comenta mi madre.

—No. Sólo quería…

—Fue tu padre quien los conservó —dice ella con dulzura.

—Todo esto ya no importa. Las puedes tirar si quieres tener más espacio…

Un enorme nudo en la garganta me impide terminar el resto de la oración.

La abrazo y me permito soltar lágrimas sin que ella las vea. Oigo al pájaro cucú anunciar las doce. Miro el retrato de mi padre y creo verme parado junto a su escritorio ansioso por su respuesta.

—Ya sabes que las piñatas están hechas de cartón —afirma mi madre con una tierna sonrisa en su cara.

—Claro, mamá. Era sólo un juego.

—Tu padre siempre supo que sentías lástima por ellas.

Yo… no logro decir nada más.

Urupagua

Pudo haber sido el cantar de los gallos o el calor sofocante de la noche lo que la despierta.

Urupagua se levanta repentinamente, se mira en el espejo y ve su cuerpo empapado en sudor. Odia la marca en su rostro. Desgarra su camisón hasta quedar totalmente desnuda. Abre la puerta y sale a los jardines del viejo caserón. Los gallos siguen orquestando su sinfonía. A su paso, las gallinas se alborotan. Les murmura que se callen, que aún no es hora de levantarse. Camina hasta llegar al patio donde los mangos cayeron durante la noche. Toma uno, lo muerde. Su sabor es amargo. Lo escupe. Lo desliza lentamente por su cuello hasta llevarlo a su vientre. La sensación fresca, húmeda, le agrada. Toma otro, lo pasa por sus pechos. La areola de sus senos se pinta de amarillo. Entre pensamientos eróticos y fantasías desconocidas se recuesta sobre los mangos caídos. Recuerda cuando ve por el agujero cómo Pepe tira a Leticia sobre la cama, le rasga el vestido, la voltea como perra y la hace suya. Leticia grita, pero sólo ella escucha.

El momento excita a Urupagua. Quiere tocar a Pepe, sentirlo. Le atrae, le provoca, y al mismo tiempo lo aborrece. No quiere pensar en él. Es viernes. Se pregunta si el tío Juan vendrá hoy. Se aburre en su cuarto. Le aburre la vida. Si tan solo pudiera irse del pueblo. Se toca el vientre. Parece recordar lo que nunca ha experimentado. A sus diecinueve años únicamente conoce el encierro impuesto por su padre.

***

Las gotas de rocío empiezan a perder brillo en el pueblo de Cabure. Los gallos terminan de cantar. Francisca se levanta y camina a la cocina. Urupagua duerme recostada contra el tronco del árbol. Se acerca a ella, la toca y la siente tibia. La contempla. No quiere que el momento termine. Quiere dibujarla. No le importa lo que cubre su rostro. Observa sus largas piernas entreabiertas, sus pequeños pechos, su nariz chata, sus ojos disparejos. Quiere tocarle el sexo. No se atreve. Huele la cabellera negra, acaricia los hombros y disfruta la textura de su blanca piel. Las pestañas largas se pierden entre los párpados y los ojos, el verde y el azul. Le toca los dedos. Los lame. Quiere tocarle el pezón, pero no lo hace. Embelesada, como la primera vez, admira el lunar negro y velludo que cubre el hombro y la cara de Urupagua. Quiere besarle los labios. Ella se mueve. Gime. Francisca lo disfruta. Abre los ojos. Se levanta. Camina como una pantera entre las plantas. Saluda al gallo chiflón, a las gallinas y al chivo sin nombre. Luego corre de regreso a su recámara. Se queda dormida.

***

Pepe levanta la cubeta y suelta el agua en su cuerpo. Urupagua no sabe si es ella, pero se acerca y lo toca. Su delicada mano le frota el pecho y baja hasta tocarle el sexo. Él la agarra por los pelos. La tiende en la batea. Ella abre las piernas y se entrega.

El sol empieza a entrar por la rendija de la puerta. Le ilumina el rostro. Despierta. Ve un sobre.

Hospital Corazón de Jesús
Av. Río Caura # 35-87
San Martín
C A R A C A S

Acomoda el sobre en el buró. No quiere enterarse. Abre el armario y estrena su vestido rojo. El sombrero de malla azul la cubre. Por último, las zapatillas rojas. La luz entra ahora por el ventanal. Se sienta en el escritorio y abre la carta. Lee. La noticia la irrita, la aturde. Azota el sombrero, las zapatillas. Grita. Recuerda cómo gritaba Leticia. Aúlla. Llora. Corre al patio. Sube al árbol de mango. Llora. Toma un mango. Mira su casa, las paredes alambradas que la encierran. La celda construida por su padre y ahora vigilada por Francisca. Ella le ordena que baje de ahí, que si no lo hace llamará al tío Juan. Urupagua la ignora.

"Lamentamos informarle que debido a sus circunstancias económicas no es posible intervenirla para removerle el melanoma en su rostro…"

—Yoyo. Me gusta ese nombre para la cabra. De ahora en adelante serás Yoyo.

Le arroja el mango. La cabra entra al zaguán de la casa.

—Cachapas, cachapas con queso guayanés. Vendo cachapas con queso guayanés.

El vendedor ambulante pasa a las tres de la tarde, como todos los días. Urupagua está en la mecedora a la espera de su tío Juan. Francisca sentada en el taburete teje la hamaca. Sus dedos se pierden en el hilo del algodón. Su mirada, en las piernas separadas de Urupagua.

—No lo van a hacer. No. Quiero una cachapa.

—Pero… si acabas de comer.

—Ya te dije que quiero una cachapa.

Las llaves del tío Juan abren el portón de la casa.

—No lo van a hacer. Nunca lo van a hacer. Quiero una cachapa. Cachapa. *"Lamentamos informarle que debido…"*

—¿Hacer qué?

—No lo van a hacer. No lo van a hacer. No quiero hablar de eso. ¿Me puedes comprar una cachapa, tío?

—Sí, pero antes mira lo que te traje.

Francisca espanta a la cabra que se ha quedado dormida a un lado de la mecedora.

—¿Un cafecito, señor, Juan?

—Sí. Bien cargadito, que no he pegado un ojo en toda la noche.

—Lo que tengo es guarapo y así se lo traigo —murmura Francisca camino a la cocina.

—Mira, anímate. Te traje *Ifigenia,* la obra que no encontraba… —murmura el tío Juan.

—Soy un monstruo, ¿verdad, tío?

—Por supuesto que no. Tienes… buenas piernas… tienes…

—Nada. No tengo nada. La próxima vez que venga el circo de esos rusos, me voy con ellos. No tengo ni personalidad.

—Bueno. Eso se adquiere con el tiempo. Empecemos por cerrar las piernas y ponernos ropa interior y alpargatas, como todas las señoritas decentes.

—¿Quién me ve? Nada más la Francisca y tú.

—Te prometo que este año sí te llevo a las fiestas patronales de Barunú. Allá las verbenas son diferentes. Vienen grupos de música llanera y venden las arepitas fritas de papelón y anís que tanto te gustan. ¿Sabes qué más hay? —Urupagua lo ve sin ningún interés.

—Los toros coleados.

Ella le entrega el sobre.

—Me contestaron del hospital de Caracas. Esperé dos meses y ahí está escrito.

El tío Juan abre el sobre.

—Urupagua, sí te quitas el… lunar, serías otra.

—Sí. Necesito ser otra. Ya no soporto este encierro. La gente cree que soy un espantapájaros, que por eso no salgo de aquí.

—Aquí tiene su cafecito. La señorita Urupagua está muy linda, ¿no la ve? Ya está hecha toda una mujer, ¿no le parece, señor Juan?

—¡Búrlate, vieja mentirosa! Eres una alcahueta. ¿Qué sabes tú de belleza?

—¿Se da usted cuenta? Yo mejor sigo con mis quehaceres. Usted ya verá cómo la calma. Fíjese, amaneció allá en el patio, acostada; y parecía una jalea de mango. Un día de estos, ¿quién sabe?, hasta amanezco tiesa en mi cama.

—No exageres, Francisca. Anda, vete hacer tus cosas, que yo me encargo aquí de Urupagua.

***

El aire de la tarde acompaña las campanadas de la iglesia. El crepúsculo deja de arder en la lejanía. Urupagua sigue en la mecedora. Yoyo termina de masticar la carta y regresa a su siesta. Los bachacos hacen su caravana al borde de los ladrillos en busca de las migajas de cachapa.

"*...Primero vendrá mañana, y, con el amanecer, el momento victorioso de la fuga...*"

El chirrido de un grillo interrumpe su lectura. Uno de sus pies roza el piso. Lo siente frío.

—Tu tío Juan dice que nos llevará a Barunú para las fiestas patronales.

—Sí. Ya lo sé.

Urupagua mantiene la mirada en la figura femenina dibujada en la portada del libro.

—Me voy a dormir. Mañana hay que madrugar. Tengo que comprarle bagre al catire, antes que se lo lleve todo al mercado.

—Sí, eso también lo sé.

Francisca calla y se asegura que el tío Juan cerró el portón con llaves antes de irse. Urupagua entra a su cuarto, azota la puerta y cierra la cerradura. Una luz tenue ilumina el zaguán. La noche sigue su curso. Los grillos parecen haber conseguido lo que buscaban. Ya no se oyen. Dos lágrimas bajan de los disparejos ojos de Urupagua. Sus dedos tantean el rugoso lunar. Bajo la luz de la lámpara la marca parece resaltar más. Brilla. Es negra. El color cambia, se hace marrón. Sus uñas acarician los vellos del lunar. Esa piel dispareja cubre su hombro izquierdo, el cuello, parte de su mejilla, la nariz chata y su ojo verde. Llega a la frente hasta desaparecer en la cabellera. Ahí Urupagua detiene su mano. Ya lo conoce de memoria. No tiene que verlo para saber lo que la marcó de por vida. Detesta haber nacido. Odia que su padre muriera antes que ella. Aborrece que su madre los abandonara cuando ella aún no había cumplido el primer año. Nadie quiere ayudarla. No es la primera vez que es rechazada por un hospital. No quiere pensar en eso. No quiere leer los estúpidos libros que trae el tío Juan. Ya no le importa Pepe ni sus baños tempraneros. Le asfixia la vida. No quiere seguir encerrada. Quiere morir.

El cuchillo que utilizó el tío Juan para pelar las naranjas sigue en la cesta de algodón, al lado de la hamaca que teje Francisca.

—Te digo, Francisca, que con este cuchillo se podría pelar un cochino. Y no necesitas ni agua caliente.

—Pues tenga cuidado señor Juan, no se vaya a tronchar un dedo. Mire que con ese corto mis carnes.

Las palabras parecen haberse quedado grabadas en la mente de Urupagua. Todo lo que ella haría con ese cuchillo. Liberarse. Emparejarse los ojos, cortarse la nariz, eliminar esa piel negra del lunar. Enterrárselo a Francisca. Liberar a Leticia.

El cortador duerme plácidamente entre los gránulos y la hilacha del algodón. El mango de madera vieja y rústica parece mirarla con sus tres ojos. Su hoja afilada y metálica destella en la oscuridad de la noche. El motor de motocicleta la interrumpe. Pepe regresa a casa pasadas las cuatro de la mañana. A Urupagua le parece extraño que haya regresado tan temprano. Sabe que si corre puede mirarlo por el ojal de la pared de la cocina que da al lavadero y verlo desvestirse y echarse cubetazos de agua encima. Hoy no quiere hacerlo. Piensa en lo engreído que es, en los golpes que recibe la pobre Leticia. Es un animal repudiable que debería ser sacrificado en el matadero.

***

Fue hace un par de días que Leticia viajó a la ciudad de Coro a visitar a su madre. Pepe estaba solo en casa. Llegó, como todas las noches, con unas copas encima. Urupagua sintió la motocicleta pasadas las cuatro. Una luna llena abrillantaba el cielo. Urupagua se asomó por el agujero y lo vio en el patio al lado de la batea. Estaba desnudo. Su espalda se veía más amplia que nunca. Su pelo largo y ensortijado le tapaba el rostro. El agua se deslizaba lentamente por los brazos, nalgas y piernas. Le acariciaba ahí donde ella quería sentir, tocar y lamer. Por un momento pensó que él la estaba viendo. La pequeña ventana, arriba del brasero, dejaba entrar la luz de la noche. Ella quería ser el jabón azul que lavaba el cuerpo de Pepe, que lo besaba por todos los poros, que tocaba sus vellos, sus bíceps, su pecho. Pepe se pasó varias veces las manos por su sexo hasta que creció. A Urupagua no le cupo más la saliva en la boca. Tragó. Pepe se acercó a la pared que los separaba. Él movió su mano con mayor fuerza. Su virilidad rozó el orificio desde dónde Urupagua lo contemplaba. Absorta, corrió de regreso a su cuarto. Por primera vez sintió vergüenza.

***

Un chiflido la despierta del recuerdo. Piensa que es una lechuza que se acerca cuando vienen las lluvias. El silbido proviene del hueco de la cocina.

—Sé que estás ahí. No te hagas —Urupagua reconoce la voz de Pepe, pero no es el mismo tono con que le habla a Leticia. Tampoco la del borracho que llega a tempranas horas. Es una voz afectiva. Quiere responderle. Decirle que es un desvergonzado, que odia lo que le hace cada noche a su mujer. El susurro de Pepe se escucha hasta el portal.

—¡Oye! Dicen que te llamas Urupagua, ¿es cierto? Toma, no tengas miedo. Esto es para ti.

Un cilindro hecho de papel de periódico envuelve las pequeñas flores del árbol de urupagua. Pepe lo desliza por el agujero. Ella lo deja caer.

—Luego me pláticas si te gustan.

Urupagua espera. Quiere saber si la voz de Pepe dice algo más. El ruido de la motocicleta se escucha al frente del portón. El motor parece enfurecer. Una, dos y tres veces. Luego desaparece en el silencio.

***

La tranquilidad de la noche la invita a caminar al jardín. Las flores de urupagua permanecen en el piso de la cocina. No quiere recogerlas. No cree merecerlas. Se acerca y mira por el agujero. Está oscuro. Sabe que Pepe aún no ha regresado. La camisola de su madre ya le aprieta. Otros gallos enjaulados se escuchan cantar. El calor la sofoca. Los mosquitos la atormentan. Se acerca a la hamaca que teje Francisca. La navaja vuela hasta su mano. Controla sus movimientos. La escucha. Rasga cada uno de los botones de la bata. Toma uno de los mechones de su cabellera y lo corta. Otro y luego otro, hasta terminar con su cabello. Se siente libre. Se acuesta en el piso de la cocina y mira el regalo de Pepe. El piso la recibe. Las marchitas flores añoran su árbol. Urupagua decide tomarlas. Las besa. Las pasa por su vientre. Piensa en Pepe.

Desnuda y acostada sobre los restos de su cabellera quiere calmar sus deseos. Suspira. El placer crece. Quiere ser la cabra para lamerle la mano a Pepe. Quiere ser la gallina que pisa el gallo chiflón en las tardes. Quiere sentirlo a él, ahí, dentro de ella. Sabe que Pepe nunca la aceptará. Ahora que ha perdido su única belleza.

***

Urupagua ya no es joven. Pepe ya no es su vecino ni Francisca su cuidadora. Ella vive sola. El tío Juan viene una que otra vez cada dos meses. Los libros sin leer están apilados en la entrada de su recámara. Las dos cabras duermen en el zaguán. No se mueven desde que perdieron la vista por el agua caliente que les arrojó Francisca. Son bisnietas de Yoyo. Su tío cortó el árbol de mango. El arbusto de urupagua empieza a desplegar sus ramas en el patio. Dos de sus pequeñas flores se despiertan de sus capullos. La mujer se acerca y acaricia los nuevos pétalos con su mejilla. Les habla. Ellas parecen escucharla.

—Saben, yo no creo que él hubiera querido irse de Cabure. Fue Leticia quien lo arrastró lejos de aquí. ¿Quieren que les cuente el día que me regaló las flores?

Francisca estaba en su cuarto, yo aún no lograba dormirme...

Las ollas y los trastes se acumulan por toda la casa. La enredadera encierra por completo las paredes de la cocina. El hoyo ya está cubierto. La sopa de picadillo deja de hervir. Una marca descolorida y velluda cubre el rostro a la mujer. Sus pasos son lentos y arrastra su cabellera blanca. Han pasado cuarenta años desde que Francisca tuvo el accidente. Esa tarde Urupagua no quería bajar del árbol. Sabía que desde lo alto podía ver a Pepe durmiendo en su hamaca.

Por algún tiempo Francisca intentó que Pepe conociera el rostro de la muchacha. Sabía que la joven estaba enamorada de él y lo deseaba tanto, como ella a Urupagua. Francisca apareció en la casa de Pepe y le pidió que se acercara por un momento. Él, sorprendido, cedió a su petición. Quería ver a la mujer que lo espiaba.

Al verlo entrar a la casa, Urupagua subió a la cima del árbol. Pepe la vio entre las ramas con su cabello trasquilado y sus ojos brillando a plena luz del día. Él se acercó al patio y pudo verla.

—Que te bajes —le suplicaba Francisca, esperándola abajo del mangal.

Furiosa, Urupagua se tapó el rostro con las ramas. Pepe, estupefacto, no dijo nada. Las palabras se le quedaron atrancadas en la garganta. No podía creer que esa fuera la mujercita que lo merodeaba. Quiso olvidar lo que había sentido. Urupagua colocó un pie en una rama seca y cayó. El cuerpo de Francisca no pudo resistir su peso.

Esa misma tarde Pepe habló con Leticia para decirle que se mudarían a Coro, como ella siempre lo había querido. Francisca fue internada en el sanatorio, pero murió dos días más tarde. El tío Juan se casó con una de las emperatrices del burdel. Ella le prohibió acercarse a ese "fenómeno" de sobrina que lo absorbía.

***

Con los años Urupagua aprendió a vivir nada más que de los pocos recuerdos, rehusaba salir de la casa. Le molestaba el mundo, las habladurías, la gente. Lo que necesitaba lo compraba desde la ventana de su cuarto. Las ramas del árbol de urupagua llegaban hasta la mecedora. La casa de Pepe fue derrumbada. Su lugar se llenó de zumbidos de víboras. Ella veía la casa de sus padres muriendo junto con los recuerdos. Sentada en la mecedora acariciaba las ramas del arbusto, les hablaba:
—Era una noche de luna llena. Yo estaba en mi cuarto, aún no lograba dormirme. En eso una voz…

Lo que pasó en la quebrada

Epifania lava la ropa a la orilla del río. Una nube gris cubre por momentos el ardiente sol de la costa. Ella levanta el grasoso pantalón de don Manuel y lo golpea con el palo de lavar hasta que la mugre desaparece junto con el jabón. El crucifijo que lleva en el cuello se balancea entre sus senos. Toma una prenda amarilla. La moja para luego apalearla con fuerza, como si con ello pudiera borrar lo que ocurrió.

***

El vestido de flores amarillas fue el regalo de su tía Julia para sus quince años. Epifania se acercó al espejo que la había visto crecer. Observó nuevos cambios en su cuerpo. Sus pechos ya no eran planos ni sus caderas huesudas como antes. Contempló los vellos en su sexo y quiso tocarlos. Se resistió. Soltó su cabellera y coqueteó con los pezones que parecían contemplarla a través del reflejo. Sintió un placer extraño, desconocido. Saltó de tal forma que sus pechos le recordaron los mismos que tenía la vaca Filomena. Eso le causó risa. Por último, sobre su cuerpo desnudo se colocó el vestido amarillo y se colgó el crucifijo de madera. Bailó y bailó canciones que sólo ella escuchaba.

Después de haber terminado con los quehaceres de la casa, Epifania se acercó al río con la tabla de lavar en la cabeza y el canasto de ropa sucia en el brazo izquierdo. Los zarzos y los helechos a la orilla de la quebrada habían empezado a secarse con el sol del verano. Recogió la falda y se sentó arriba de la piedra más cercana al agua. Sus piernas quedaron al aire. Comenzó a lavar moviendo sus caderas en un vaivén simultáneo de adentro hacia afuera. La tela del vestido subía y bajaba al ritmo del tallado sobre la piedra, dejando asomar, al mismo son, los pelos de su sexo.

Un hombre con un lunar rojo en la frente la espiaba. El caballo lo había dejado amarrado a menos de una legua de allí. Ella sintió la mirada como si ésta fuera un cálido aliento sobre su piel. Aceleró el movimiento de sus caderas y la falda subió un poco más. Él contempló las nalgas que ahora se movían más rápido con cada golpe que recibía la ropa. Se humedeció los labios. Agarró su pene que dormía como un pájaro. A Epifania comenzó a bajarle el sudor que le brotaba por los poros; caía hasta acariciarle el cuello, los pechos, la panza y su vientre. Una sensación ardiente la humedeció. Desconcertada, estiró los brazos y salpicó sus pechos con agua. Un líquido cristalino segregó de la verga del hombre. Se metió la mano en el pantalón y la sacó. El voluminoso falo rosado y viril ya estaba listo. Se acercó al río con imponentes pasos. Ella volteó y su mirada quedó fija en la verga. No era igual a la de los chicos que se bañaban desnudos en el arroyo. El corazón le latía. Insectos parecían correr dentro de su sexo. Eso quería ella, correr. Así quisiera, el deseo le impedía hacerlo. Deseaba tocarlo, quizá tenerlo dentro de ella. Abrió el botón delantero del vestido y el seno derecho quedó libre. Él se quitó la camisa, seguido por el sombrero. El pelo largo le cubrió parte del rostro. La tomó de los brazos, la besó y le lamió la teta descubierta. Con los ojos cerrados, ella se transportó a un lugar desconocido del cual pronto se evaporaría hasta perderse por completo. Una débil alarma se cruzó por su mente, pero volvió a perderse en el disfrute de aquella lengua jugando con su pezón hasta que se despegó de ella. Epifania lo miró a los ojos pidiendo más. Ella desconoció los olores lascivos y jugos hormonales que evaporizaban de ambos cuerpos. Él la acostó en la tabla bocarriba. El palo de golpear la ropa se le atravesó por el costado izquierdo. Sintió un fuerte porrazo en la espalda. Él le arrancó el crucifijo y lo tiró a un lado. Ella, irritada, buscó la imagen con la mano. Quiso levantarse, huir, pero él la sujetó con fuerza. Le desgarró el vestido. Disfrutó que no llevaba calzón. Tocó su sexo y la penetró con los dedos. Ella bramó de dolor. Ya no lo quería encima. Quería que se largara. No sentía placer. Gritó con más furor. La cobija que Epifania lavaba corrió por el agua como un fantasma. Él le abrió las piernas. La penetró. Le mordió sus pechos. Ella gritó de nuevo, pero el hombre le cubrió la boca. Él lanzó un gemido que resonó en sus oídos hasta el día de su muerte. Una corriente de sangre empezó a confundirse con el agua que bajaba del río. La muchacha permaneció acostada y aturdida, hasta que un suspiro de aire la despertó. Mojó la ropa sin lavarla. El cuerpo le dolía. Una punzada en la espalda le impidió caminar. No lloró. Recordó que Juan, el criador, acostumbraba a lavar los toneles de leche antes que el sol se ocultara. Lo esperó.

De regreso al rancho, la tía Julia no preguntó por qué había pasado toda la tarde en la quebrada. Ambas tendieron la ropa en la penumbra, sin decir palabra alguna. Cuando Epifania abrió la portezuela que daba a la cocina, un flujo de sangre le escurrió entre sus piernas. El dolor la hizo caer. En cuanto despertó, la muchacha se sorprendió al verse en casa de la curandera. Hojas de agua santa cubrieron su vientre, ramas de caña seca la sujetaban debajo de los pechos.

—Muchachita, te malograron más que a tu espalda —dijo la mujer cambiando las hojas—. Tendrás que quedarte en cama por un tiempo. Ahora, a esperar lo peor.

Epifania cerró los ojos.

—Y, ¿ahí qué?, me duele mucho —comentó la muchacha señalando su vientre.

—Ya te dije, a esperar, no hay de otra.

Al pasar de los meses, la barriga se le empezó a hinchar. El rostro pálido y su piel envuelta por huesos la hicieron pensar que tendría al crío para restregárselo al hombre que la había desgraciado. La tía Julia se acercó con una sopa de yuca verde y dijo que dentro de poco podría caminar, además de que ya era hora de sacarle el escuincle que llevaba dentro. Ella no respondió. Se acordó cómo había sangrado la perra Soledad pariendo cachorros debajo del fogón de la cocina.

Epifania parió a un bebé que no se atrevía a mirar. Un lunar rojo le cubría parte de su frente. El niño lloraba hasta que a ella le daba la gana de amamantarlo.

Lo tendía al lado de Soledad mientras se iba a rondar la quebrada en busca del padre de su hijo. La perra se deleitaba lamiéndole los mocos al niño y él encontró su ubre para alimentarse.

***

Agustín de la Vega era el dueño del rancho de La Asunción. La gente hablaba de los hijos que había engendrado. No quiso reconocer a ninguno, a pesar del lunar rojo que distinguía a toda su estirpe. Una mañana, Epifania lo vio. Él cabalgaba rumbo al río. Ella corrió y se adelantó. El hombre dio vueltas por las piedras como si algo se le hubiera perdido. Epifania se metió debajo de la cascada y dejó que su cabellera le cubriera parte del rostro.

—Mire —le habló— ¿usté no se acuerda de mí?

Él la observó, pero no recordaba quién era la hembra de grandes tetas.

—Acérquese y aquí le daré…

Epifania salió rápidamente del río y corrió por los bambúes que la llevaron al otro lado del manantial. Luego, él la escuchó gritar:

—Mejor en la noche, patrón, para que usté no tenga que verme la cara.

Agustín de la Vega bajó del caballo y trató de seguirla, pero ella se perdió entre los matorrales.

—¡Mugrosa! Ya verás cuando te agarre —dijo él entre dientes.

***

La tía Julia murió de un infarto cardíaco antes de que Epifania tuviera al crío. Ella siguió cosiendo ajeno con la Singer a la que ya le faltaba un pedal. Josué, como llamó a su hijo, se crio en la mugre y con los nuevos cachorros de Soledad.

Un sábado, la muchacha, sin saber por qué, se embelleció el rostro con semillas de achiote. Se colocó el crucifijo y recogió su pelo en una coleta. Vio que su rostro había cambiado. Sus voluptuosas nalgas no eran las mismas, le parecían deformes, gelatinosas, como si una piel de gallina se hubiera adueñado de ellas. No quiso verse más y salió. Caminó rumbo al rancho de La Asunción. A través de una de las ventanas vio con desdén cómo el hombre fumaba un tabaco y sostenía el humo por un largo rato. Los perros empezaron a ladrar. Él la alcanzó a mirar. Agustín, frenético, llamó al capataz y a los peones para que rastrearan a la osada que lo andaba husmeando. Epifania trepó tan alto a uno de los árboles que ni los perros la pudieron olfatear. Ahí pasó la noche. Al regresar a casa encontró a su hijo durmiendo junto con los animales. Le pareció ver el mismo rostro de la noche anterior.

***

Cuando Josué cumplió un año, decidió llevarlo al rancho y pedirle dinero a su padre. La Singer había dejado de funcionar y ya no tenía ni para comer. Al llegar a la hacienda, encontró a tres niños con trajes iguales jugando detrás del portón. Luego lo vio a él montado en el caballo. Le gritó desde las rejas que este muchacho era suyo también y que necesitaba dinero. Él la ignoró. Al cabalgar la recordó.

—¡Ah! Tú eres la hembra que me ha estado husmeando, ¿verdad?

Epifania no respondió. Quiso salir corriendo. Agustín bajó del caballo. Sus hijos vieron cómo su padre la agarró con el niño en los brazos.

—Si te veo a ti y a tu inmundo mocoso por estas tierras una vez más, los mato.

La empujó bruscamente y ambos cayeron al forraje. Epifania volvió la mirada a los niños que se asomaron a través de las rejas. Agustín subió de nuevo al caballo y se perdió en la sabana.

La muchacha regresó a casa y colocó a Josué en el suelo. El niño comenzó a llorar. A ella no le importó y salió. Caminó las leguas que la separaban del pueblo. Habló con el sastre y le preguntó si le podía comprar la Singer. Juntos regresaron a casa. El sastre recogió la máquina. Antes de irse, Epifania le preguntó si también quería al chiquillo que gateaba, pero él respondió que ya tenía suficientes en casa. Con los trescientos pesos de la venta, la muchacha regresó al pueblo.

Una noche, lo vio en la barra del señor Ortiz. Agustín de la Vega andaba como toro encelado. Ella observó cuando él amarró su potro detrás del patio. Él se sorprendió al verla y le gritó:

—Te dije, maldita zorra, que no te me acercaras más.

—No se preocupe, patroncito, que le voy a dar lo que usté quiera —contestó ella con un tono diferente.

Agustín la agarró del brazo. La luna comenzaba a ocultarse detrás de las nubes.

—No se agite, que no voy a correr —dijo Epifania conteniendo su odio—, yo conozco lugar, allá… dónde está aquel almendro. Él se agarró su verga, y mientras la llevaba consigo, le siguió manoseando los pechos. Ella dejó que él la penetrara de nuevo hasta que su baba le mojó la cara. Esta vez, Epifania confundió el odio con el placer. Llegó al orgasmo.

—¿Esto querías, puta? ¿Te gusta que te coja el patrón? ¡No te quiero ver más! —Le soltó un par de billetes y abrochándose el cinturón empezó a caminar.

—Patrón, parece que se le olvidó algo —Epifania se carcajeó como nunca lo había hecho y disparó.

Los perdigones atravesaron el pecho de Agustín de la Vega. La muchacha se perdió entre los arbustos sin mirar atrás. Al llegar a casa, vio que las moscas rondaban a Josué, mientras que Soledad le lamía el rostro sin vida.

***

Al terminar de tender la última prenda, Epifania siente odio por su vida, odio por tener que lavar ajeno, odio por el mismo hecho de haber nacido. Sube la mirada al sol hasta que su pupila no lo soporta. Toma el crucifijo, lo parte y lo arroja a la quebrada. Tiende el pantalón de don Manuel encima de la piedra, para luego sentarse a esperar a que el resto de la ropa seque.

La aflicción de Andrade

Las palabras del doctor Morales se repetían constantemente en sus oídos: *Lamento informarle que no hay nada que podamos hacer, el cáncer se ha extendido por todo su cuerpo...cinco a seis semanas es lo que le resta de vida. ¿Quiere usted que le hable a su esposa?* Andrade pensó en su familia, en las deudas, la hipoteca y en cómo sufrirían Laura, su esposa, y su hija Fabiola. Lamentaba haberles mentido durante dos años sobre su enfermedad. Sin embargo, su mayor preocupación no era su propia muerte, sino la precaria situación económica que enfrentaban y que empeoraría todavía más después de haber fallecido.

***

Al salir de la clínica no quiso conducir. No quería hablar con nadie. Apagó el celular y lo colocó en uno de los bolsillos del pantalón. Se dirigió al parque que tantas veces había recorrido en compañía de su hija. A su paso, no notó las primeras flores de la estación, ni la felicidad que irradiaban los transeúntes con el inicio de la primavera. Sin pensarlo, llegó a la misma banca en la que Fabiola y él merendaban los viernes por las tardes.

Contempló el suicidio. Recordó la cláusula de la póliza de seguros en donde se advertía que, si moría en un drástico accidente, su familia no tendría de que preocuparse luego de que él falleciera; en cambio, si moría por causas naturales, la suma sería mucho menor. Detestaba la burocracia de las compañías de seguros. Detrás de los árboles se ocultaba el viaducto. Tenía una profundidad de trescientos metros y los capitalinos desesperados lo utilizaban como una solución a todos sus problemas. Además, la prensa sensacionalista disfrutaba el publicar las fotos de los tétricos cuerpos. Quizá algunos lo habían hecho sin tener los problemas que él enfrentaba. Tampoco sería la primera vez que un enfermo de cáncer se quitara la vida. Pensó en hacerlo de tal forma que todo pareciera un desafortunado accidente. Se acercaría al viaducto una tarde, después del trabajo, cuando el viento estuviera soplando con mayor fuerza, abriría un paraguas y desde la pared dejaría caer su cuerpo. En el titular del periódico vespertino se leería: *"Hombre cae al viaducto por fuertes corrientes de aire"*. El caso quedaría cerrado. La otra opción sería contarle todo a Laura y dejarse morir en casa; de esta manera, no tendría que seguir acumulando más deudas que el seguro probablemente no cubriría. Sin embargo, eso era lo peor, que su familia lo viera morir lentamente como a la perra Mimí, la cachorrita que fue atropellada por una motocicleta y demoró más de tres meses en fallecer. En ningún momento nadie pensó en la eutanasia como una solución para un animal condenado a la muerte.

***

Al encontrarse a dos cuadras de su departamento, la luz roja del semáforo lo detuvo. Ahí, con la mirada fija en el intermitente optó por contarle todo a su esposa. Esa era la mejor solución. Quedarse en casa y terminar sus días con sus dos amores. El dinero era importante, pero más lo era compartir sus últimos días con su familia. Incrementaría la póliza de seguros para que no tuvieran que verse en aprietos financieros. Pondría a la venta su colección de monedas antiguas y con sus ahorros pagaría el resto de la hipoteca.

Decidió llegar a casa como todos los días. Después de cenar, él y Laura se sentarían a leer el periódico, acompañados de algún licor digestivo. En ese momento le contaría todo sin hacer pausa. No era su intención verla sufrir y menos que le hiciera preguntas que él no se atrevería a responder. Todo estaba planeado. Pensar en el suicidio había sido un disparate, más aún cuando sus días ya estaban contados. Fue lo peor que se le pudo haber ocurrido.

Abstraído en sus pensamientos, Andrade quiso llorar. No lo hizo. La luz del semáforo cambió a verde. Un tedioso sonido anunciaba a los peatones que tenían treinta y cinco segundos para cruzar la avenida. Cuando los respectivos segundos habían terminado, él aún seguía a cuatro pasos de atravesar el último carril. Pensó en llamar a su mujer. El chofer de un coche rojo no visualizó al hombre distraído con su celular. Un fuerte golpe lo arrojó al borde de la banqueta. Un segundo más tarde, el conductor de un coche azul perdió el control y le pasó por encima. El celular se deslizó velozmente y terminó en medio de la calle. Un mensaje de texto decía: *"Favor de comunicarse urgentemente con el doctor Salvatierra".*

Algoloriana

El aire se empeña en levantar el vestido de lino blanco de Oriana. Un cielo nublado y color naranja se asoma detrás del mar, ocultando así los últimos rayos del sol. Una lenta marea agita el oleaje, mientras los pies descalzos de ella tratan de esquivar el agua. Algol le toca los rizos que cubren parte del rostro. Ella lo evade, aún no entiende lo que él quiere mostrarle. Él insiste, devolviéndole los rizos a su lugar. Oriana tiene la misma edad que él tenía cuando llegó al condado como un estudiante de intercambio. Gaviotas cambian de rumbo al final del faro. Algunos pescadores anclan sus lanchas al lado del muelle, otros aprovechan de recoger la pesca en canastos para luego marcharse. La playa comienza a verse sola. Uno que otro corredor pasa cerca de ellos. Un cuidador de perros ata al último de los canes y abandona el lugar. Oriana cree reconocerlo; él la mira a los ojos para luego continuar su camino.

Embelesado, Algol observa el primer botón del vestido que comienza a abrírsele a Oriana, exhibiendo sin que ella quiera el nuevo sostén. Oriana devuelve el botón a su lugar. Algol disimula y evade la mirada.

Luego, toma su mano, la huele. Está húmeda. Él desconoce si es el sudor o el rocío del mar. Oriana sigue nerviosa, no le parece correcto estar ahí, a esas horas, con Algol. Encontrarse a solas con él y sin nadie alrededor la hace presagiar que una revelación está a punto de ocurrir. Quiere retroceder unos pasos, correr, regresar a casa y encerrarse en su cuarto. Enfocarse en uno de los retratos que ha estado pintando. En un recuerdo sublime de la infancia; cuando luego de jugar un rato en la playa llegó a dibujar el rostro del chico guapo que llamaban Estrella, pero su nombre de pila era Algol. No recordaba haber visto esa mueca o la mirada preocupante que se estampaba hoy en su rostro. Era una mirada imponente, preocupante, diferente, que parecía querer ultrajarla, no solamente a ella sino a cualquiera que se le presentara en el camino. Luego de lo que pareció un largo silencio, Oriana murmura:

—Deberíamos de regresar a casa, ya mi madre debe de estar preocupada. Vámonos Algol —reclama ella entrando en súplica.

Él la ignora. Prosigue al tiempo que piensa si al final de la playa y detrás del faro ellos los estarán esperando. Algol sabe que después de la escasez de las lluvias no sube la marea hasta el faro. Además, el lugar está abandonado, solo los drogadictos e indigentes lo utilizan como refugio. Oriana detiene sus pasos. Algol la toma delicadamente por los hombros y la besa con ternura. El tener los labios de él rozando los de ella le causa confusión. Sin razonarlo lo empuja con fuerza y él tropieza con una roca hasta terminar en la arena. Un par de olas lo revuelcan cortándole la quijada con un caracol de mar. Oriana llega a correr un par de metros hasta sentir la mano de Algol detrás de su cuello. Está sangrando. Él la vuelve a besar, esta vez explorando dentro de su boca. Oriana siente que se ahoga. No es posible que consideren placer a eso. Es lo más asqueroso que ha sentido en su corta vida. Algo que parece el órgano de Algol le roza encima del vientre. Una lengua tensa y sin control le lame el rostro. Oriana resiste, pero Algol la toma hasta llegar a unas escaleras de madera que conducen a la entrada del faro. El día queda atrás y un extraño frío hiela la noche. Dos hombres que bajan las escaleras de tierra, alcanzan a verlos entrar. Risas pícaras se intercambian entre ellos. Oriana quiso hablarles, pero, le sorprende la mano de Algol estrujándole la cintura.

Suben por el sendero detrás de unas palmeras y cactus que recobraban su espacio. Algol tenía razón: el lugar estaba seco, el mar entraba solamente en temporadas de lluvias. Aunque la noche apenas inicia, el lugar reside en tinieblas. Oriana siente unas mallas de pescadores a un costado, debajo de la superficie. Es una cueva llena de salitre, rocas y filtraciones de agua de mar. Un pestilente extraño olor invade el entorno.

***

El faro dejó de funcionar luego del incidente con el barco de la marina norteamericana. Nadie reconocía que hubiese sido un accidente. Los pescadores hablaban de naves espaciales que aterrizaron y arruinaron el sistema eléctrico del condado por varios meses. Algunos de los pescadores, luego de encadenar las lanchas y las mallas, desaparecieron sin dejar rastro alguno. Nunca nadie hablaba de eso.

***

Unos agujeros dentro del faro le dan una inapreciable luz a la torre. El oleaje sigue golpeando las paredes, cada vez con mayor fuerza. Pareciera asemejar una señal, que es hora de entrar. En la parte alta y no visible dentro de la torre se acumulan cientos de nidos de murciélagos. Los sonidos provenientes del mar se confunden ahora con los mismos aleteos.

***

Un nuevo cielo se llena de estrellas. Al suroeste Venus principia a deslumbrar al lado de una luna menguando. Unas gotas de sangre de Algol caen sobre el rostro de Oriana. Cada gota parece llenarle un poro en su piel. Ella no alcanza a ver con los ojos abiertos o cerrados. Algol la sienta en una roca y observa por uno de los agujeros que unas luces de colores cálidos se aproximan cada vez más al faro. La marea utiliza la puerta como un rompeolas, está cada vez más agresiva, como si tratara de entrar donde ellos están. Oriana continúa sin comprender qué hacen ahí. Paulatinamente se levanta y finalmente las luces que entran le permiten ver que Algol dejó de ser el chico de la cuadra. Está desnudo. Su cuerpo es grueso, como siempre, pero su rostro ha desaparecido. Un prisma de luces desborda por la puerta del faro. Ella no sabe si gritar o mejor desmayarse. Otra luz encandila sus pupilas hasta perder la visión por completo. En ese momento siente manos encima, despojándole el vestido hasta dejarla desnuda. Piensa que así se transformó

— 89 —

Algol, ellos lo convirtieron en esa nueva cosa que no puede descifrar.

***

Un ruido espantoso aturde ahora todos sus sentidos. No puede moverse. Abre los ojos y observa que sus dedos, al igual que su piel, son una gama de colores fosforescentes. Ya no están dentro del faro. Una puerta de metal o vidrio se abre. Una corriente de aire la acerca más a la puerta que ahora se despliega hacia un firmamento de estrellas multicolores. A un costado de la puerta Algol la espera. La toma de la mano, como lo hizo antes de llegar al faro, y la besa con lo que él piensa que aún son sus labios. Otra corriente de aire los avienta a un espacio abierto e iluminado.

***

Algol jamás le volvió a soltar la mano hasta que millones de años después, una lluvia de meteoros los separó. Oriana comienza a brillar cada noche luego de caer el sol y él, Algol, brilla, brilla y sigue ahí, brillando, esperando que algún día pueda volver a tocar la mano de Oriana una vez más.

A la luz, al cosmos, al firmamento…